KAHRAMAN TAZEOĞLU

Söz

DESTEK yayınları

DESTEK YAYINLARI: 492
EDEBİYAT: 176

SÖZ / KAHRAMAN TAZEOĞLU

Genel Yayın Yönetmeni: Ertürk Akşun
Menajer: Zeynep Demirkaya
Kapak Tasarım: İlknur Muştu
Sayfa Düzeni: Cansu Poroy

Destek Yayınları: Ekim 2014
Yayıncı Sertifika No: 13226

ISBN 978-605-4994-96-0

© Destek Yayınları
Harbiye Mah. Maçka Cad. Narmanlı Apt. No. 24 K. 5 D. 33 Nişantaşı / İstanbul
Tel.: (0) 212 252 22 42
Fax: (0) 212 252 22 43
www.destekyayinlari.com
info@destekyayinlari.com
facebook.com/ DestekYayinevi
twitter.com/destekyayinlari

facebook.com/kahramantazeoglu
mail: sayfa.admeni@gmail.com

İnkılâp Kitabevi Baskı Tesisleri
Matbaa Sertifika No. 10614
Çobançeşme Mah. Altay Sok. No. 8
Yenibosna – Bahçelievler / İstanbul
Tel.: (0) 212 496 11 11

Söz

Kahraman Tazeoğlu'ndan

DESTEK
yayınları

Önsöz

Küçücük gözbebeğimden, hayatıma girdin de kocaman kalbimin neresine sığamadın da gittin?

Aşk gözde başlar, dilde ölür, kalbe gömülür.

Yalnızım; çünkü sen varsın.

Kalp topraklarımın çorağa yüz tuttuğu bir devranda çıkıp geldin yağmurunla... Şimdi soruyorum insan yağmurdan yanar mı?

Sen acı çekmez, acıyı kirletirsin ancak.

Bazı erkeler adam doğar, bazıları sonradan adam olur.

Sen beni suç gibi işle içine, ben kendimi ödül gibi toplarım senden.

Verecek sevgisi olmayanlar, yalnızca almayı bilir.

Gittiğine üzülmüyorum, hiç varolmadığın içindir kederim.

Sen benim görmek için bakmaya gerek bile duymadığım ezberimsin.

İnsan en çok aşka başlarken mutludur.

Ulaşılamayan cennet, zamanla cehenneme döner.

Şimdi git! Hatalarını tüket ve öyle gel bana!

Bu kadar sustuğum içindir, seni böyle sessiz sevmem.
Boşuna bekleme, seni yazarak kirletemem.

Öyle yalnızım ki kendimi avutmak için söylediğim
yalanlara bile inanıyorum.

Uçmak, düşmeyi göze almaktır.

Bir uçurum gibi bahsetti benden; düşmekten çok korktuğu ama bir çocuk gibi kıyısında oynamaktan asla vazgeçmediği...

Hayat böyledir işte, korkun kadar kaçar,
cesaretin kadar savaşırsın!

Aşk fedadır.

Sonsuza kadar değil
sonsuz kadar seviyorum seni.

Aşk, gördüğünü körü körüne sevmektir.

Gerçek olmayacak kadar iyisin.

Aşkınla parlayan gözlerimin kirlenmesinden korktuğum içindir kimseyle göz göze gelmek istemeyişim.

İçine jilet saklanmış bir pamuk şekeridir aşk.

Göğsüme işlediğin ten rengi bir dövme senin aşkın. Bakanlar göremiyorlar... Bir sen biliyorsun onun varlığını; bense hep hissediyorum o dövmenin acısını.

Ne kadar çoğalırsa açık büfe aşklar, o kadar aç gözlü oluyor insanlar.

Anne bak yine terli terli aşk içtim.
Ateşim düşmüyor yarin yüreğine.

Susmak noktasız bir cümledir.

Kimi insan, geçmişle geçememişi birbirine karıştırır.
Halbuki, geçen iz bırakır, geçemeyen yara...

Aşk, binlerce olmazın içindeki tek oluru bulmaktır.

Denize bakmayı bilmeyenler, bir gün mutlaka boğulur.

Aşk, "Seve seve pişman olurum" diyebilmektir.

Benden sana hayır gelmez çünkü sana her şeyim evet.

Gel "Biz" olalım demek kolay…
Benimle "Hiç" olur musun?

Hiç ummazdım, sana verdiğim ömrün her saniyesinin bir gün canımı bu kadar yakacağını…

Şimdi ne bugünsün, ne de yarın…
Olsa olsa sadece bir yarım, ya da eksilen yanım...

Aşk, gönüllü mahkumiyettir.

Her şey geçmişte kalıyor ama hiçbir şey geçmiyor.

Belki de sen aşka aşıktın, ben üstüme alındım.

Aşık olana hayat düşlerden daha güzeldir, yalnız olana ise düşler hayattan.

Gittiğine inansam,
dönmeni beklerdim.

Aslında aşk sevmek değil, sevilmek ihtiyacından doğar.

Tıpkı bir nefes gibisin. İçimde tuttuğum sürece benimsin.
Bırakırsam gideceksin, bırakmazsam öldüreceksin.

Seçici değilsen geçicisindir.

Çocuklar mutluluğu bir şekerle satın alabiliyor.
Büyüklerse acıları şeker diye satıyor.

Senin sesine bile aşık olunur,
lütfen içinden ağla.

Yolumdan dönemediğim için değil, seninle hiçbir yolda yürüyemeyeceğimi bildiğim için gidiyorum.

Acılarımın en tatlısıydın.

Eğer kör bir aşıksan, karşındakinin tüm yanlışlarında tek bir doğru ararsın ve yüzlerce yanlış arasında bulduğun o tek doğruya aşk bitmesin diye sarılırsın.

Güller kendine batamaz.

Aşka aşık olan, senden daha iyi sevene satar seni.

Sensizlik yalnızlaştırmadı beni;
seninle daha yalnızdım ben.

Seni içimden terk ediyorum.

Sevilmemek yüzünden eksik değilim, sevebilmeyi
beceremeyenler kadar.

Doğru zamanı yanlış kişilerle doldurma.

Uzun lafın kısası olmaz!

Eğer başarabiliyorsan, unuttuğun kadar hatırla beni ve sevdiğin kadar git.

Unutulan her şeyin yerini yeni unutulacaklar alır.

Aşk, alış-veriş değil bir hibe sanatıdır.

İlk aşk unutulmaz.
Zaten ikinci aşk yoktur, ikinci aşklar vardır.

Beraber yürüdüğümüz yollarda şimdi aşktan kaçıyorum.
Gözümden akan yaşlar bana değil aşka ait.

Keşke aşk bizden önce ölmeseydi.

Acım mı? Geçmedi... Alıştım sadece.

Düşerken tutunmak sadece düşmeyi geciktirir.

Aşk insanı dört duvar arasında bile bir kuş kadar özgür olduğuna inandırır.

Bir evsiz için yağmurun romantik hiçbir yanı yoktur.

Az seven gider sadece… Çok sevendir terk eden…

Suyun suya dokunmasından başka bir şey değildir dalgalar. Kıyılar bahane.

Kanadının olmasıyla, uçmayı bilmek aynı şey değil biliyorum.

Aşkın kölesi olmayı bildiğim kadar, ayrılığın efendisi de olmayı bilirim.

Yok pahasına satacak kadar ucuzmuş aşkın.

Meğer ben harf harf yaşarmışım,
koca bir cümle sanırken kendimi...

Yanlış bir öyküde yalnızım.

Beton yüreklerin harcında sevmek yoktur sevgilim.
O zaman neden kalbime o kadar şefkatle girdin?
Oysa ben seni öyle mi sevdim? Yokluğunun işkencesinde
bile tek bir aldatma çıkmadı benden.

Kalsam, kendimi üzecektim, gitsem seni...
Ne gidecek kadar korkaktım, ne kalacak kadar cesaretli.

Gel beni senden kurtar.

Ne anılardan yeni bir "Bugün" yaratabilirsin, ne de anısı olmayan bir bugünü yarına taşıyabilirsin.

Yarın hangi sorudan başlayacaksın yaşamaya biliyorum. Cümleler gerekiyor teselli kurmaya. Ama ben sana ne bir cümle kurabildim, ne de nokta olabildim.

Yokluğun değil, varlığındır beni yalnızlaştıran.

En güzel manzara, o zahmetli yokuşun tepesindedir.

Her iyilik yapan iyi, her kötülük yapan da kötü olmayabilir hayatta.

Geçmişteki hataları kolay affedilenler, geçmiş yokmuş gibi hayata devam eder.

Atlatırım sandım, “Bu da geçer” dedim kendi kendime. Geçmedi. Geçmek nedir bilmedi. Allah beni kahretti. İçimde söndüm, içime sövdüm. Sildim bizi gözyaşı bezlerimle. Düşürdüm kendimi gözümden. Boşa gittim ne acı!

Aramızdaki fark buydu; Sen ateşin yaktığını bilirdin, ben ateşte yanmayı.

Herkesten sakladığım, alnımda ismiş haberim yok.

Hep ulaşamadığını mı sever insan?

Allah'ım bana yaşattığın nasıl bir denge; ben onun için yanmaya bu denli hazır, o, benden gitmeye bu denli teşne...

Ya ben konuşamadım, ya sen sağırdın.

Güzeli çirkinleştiren, güzelliğini kullanmasıdır.

Ben başka bir hayatın içinde onun yollarını adımlayarak, başka kollarda onsuz; o, bensiz bir hayatın içinde başkalarıyla sessiz var oldu.

Ayrılık ayrı, aşk bitişik yazılır.

Kuşlar da yalnız uçar bazen. Özgürce süzülürler bulutların arasından. Ve bütün bir gökyüzü kuşlarındır. Ama hiçbir kuş gökyüzünde yaşayamaz! Yaşamak için konmaya ihtiyaçları vardır. Bazen bir ağaca, bazen toprağa... Ben sana rahatça konabileceğin tek daldım; şimdi kırıldım. Bak herkes aynı ölmüyor gülüm. Beni bu kırılmışlığım öldürecek, seni özgürlüğün. Gittiysen gittin. Belli ki bir daha dönmeyeceksin. Ben böyle eksik de yaşarım ama sen yine de giderken götürdüğün beni geri getir. Yokluğumu nasıl yaşatacaksın kim bilir!?

İsmin aşktan da büyük bende.

Yılma ve vazgeçme!
Tükene tükene tüketiriz yolları.

Yaşıyorsam, inadımdan.

İsmin aşktan da büyük bende.

Yılma ve vazgeçme!
Tükene tükene tüketiriz yolları.

Yaşıyorsam, inadımdan.

Oysa bilmeliydin; bütün bir hayatı ürpererek yaşama cesaretiydi aşk. Ve yola çıkıldığında göze alınmalıydı aşkın adressizliği.

Hem yalnızlığımıza yoldaş olur, hem de bize hep yalnızlığımızı hatırlatır şarkılar.

Sana dilsizliklerden yapılma bir lisanla geldim; anlamadın.

Çıplaklığın beni de çıplak bırakır, ama yüzsüzlüğün asla beni yüzsüz yapmaz.

Acının A'sını bilmeyen, mutluluğun M'sinden anlamaz.

Sevmekle sevmemek arası bir şey yoktur; emin olmak veya şüphe etmek vardır.

Aşk hissedilir, acı fark edilir.

Zaten her şeyi bilmek, her şeyi bilmemekten değil midir? Gidiyorsam, aşkının geçmişime hesap sormasından korktuğum içindir. Ben geride bıraktıklarımla yaşamam, geride bıraktıklarım benimle yaşasın. Tozlu anıları silerken bir kıymık gibi batıyor elime pişmanlıklar. Ve anladım ki iyileştirilemeyen tek şey anılar.

Ayrılığı engellemek yoktur, ertelemek vardır.

Yalnızlık kiminin elini, kiminin içini üşütür.

Sonralardan korkanların şimdileri de olmaz.

Hüzün en uzun şiiri değil midir aşkın?

Aşktan... Bunca sevmesem, çarptığın kapıların eşiğinde beklemem... Hepsi aşktandı yani, aşktan...

Yola çıktığımda aşkın, ömrün en uzun, en sessiz üç harfi olduğunu biliyordum. Aşk bir kelimeyse, bin kelimesizlikti çünkü.

Kaderdir ve kusura bakılmaz.

Aşk iki kişinin kendi benliklerini unutmadan "Biz" olma halidir.

Neyi öğrendim biliyor musun?
Öle öle sağ çıkmayı her aştan.

Küçük mutluluklarla yaşayabilenler, küçük mutsuzluklarla da ölebiliyor.

İçinde sen olmayan her şey sadece kalabalık.

Cepten hüzünler yiyorum uzun süredir. Ağlamaklı bir iç borca bile girdim. Karşılığında devrik cümlelerime el konuldu, içten konuşmalarım dinlemeye alındı ve kelimelerimin şifresi çözüldü.

Aşk kapıyı çalmaz, kırar.

Yarım kalmışlığıma, eksilmişliğime asla "Keşke"ler eklemedim...

Sen, yaşamak denen şeyi hayat denen şeye çevirensin. Onca büyüksün işte benden. Ve onca yaralı... Senin tecrübe edindiğin her şey daha bende bebek adımı. Ama tecrübe her zaman büyütmez adamı. Bazen geçmişe bakıp da utandığımız anlar olur. İşte o anda seni ikna edemez hiçbir tecrübe gülümsemeye. Belki geçmişte kalmıştır. Evet! Yaşanmıştır. Yanlıştır. Ama doğruyu da getirmemiştir beraberinde. İşte o zamanlarda yalnızca "Güçlü olmak" seni ayakta tutmuştur. Çünkü o zamanlarda herkesten daha fazla ihtiyacın vardır güçlü olmaya, güçlü kalmaya... Evet, haksızsındır ve bunun karşısında bir tek "Güçle" ayakta kalabileceksindir. O gün güç, tecrübenin yerini almıştır. Yok gibi vardır. Var gibi yoktur. Dedim ya, tecrübe her zaman büyütmez adamı. Hayattan alamadıklarının hesabını benden sorma. Zamana bırak kalbini. Zaman denen ilaç herkese iyi gelir... Bir tek kendine ilaç olamaz.

Hayat, mutlu anlarımızın bedelini mutlaka ödetiyor.

Seni unuttuğum kadar üzmedi beni, senin için unuttuklarım.

Öyle alıştım ki sana, başkaları hep yabancı.

Hayat bugün bana iyi bir şey sus.

Öyle bir bittik ki düşman bile olamadık.

İnsan bazen dönerken de kaçabiliyormuş.

Kirpiğinden yapılma bir darağacına geceyi asıyorum.
Yoksun!
Bu yağmurlar ıslatmıyor beni.

Yıkılası bir gurur yüzünden geçtim senden… Benden…
Bizden… Herkesten…

Yaşadığımı, beni öldürürken mi fark ettin?

Seni bir kentte bir kere daha yazarken, kendi
okunaksızlığım dilinde dönmemeye devam ediyor.
Okumuyorsun yazdıklarımı, içimi okumuyorsun.

Yokluğun nasıl bir sağanak bıraktıysa, yalnız ben ıslandım.

Sizin hiç, varlığı yokluğunuz olan bir aşkınız oldu mu?
Ve içinde "Kal" saklayan bir "Git"iniz?

Kaçmak kurtulmak değildir.

Hatalar ve yanlışlar iyi bir öğretmendir.

Öyle bir yerdeyim ki şimdi; ne seni sevebiliyorum, ne senden başka birini.

Susmak insanın içiyle konuşmasıymış.

Aşk, gözlerini kocaman açarak bulduğun ve sımsıkı kapatarak yaşadığındır.

Sana gelmenin adıydı gitmek.

Hiç sahip olamadığımızın adı değildir eksiklik; bizden çalınıp götürülenlerin, bizde bıraktığı duruştur.

Hayatın sana sunduklarından ziyade, senin ne kadarını alabildiğin önemlidir.

Çoğulluğuma bakma, azalıyordum her kalabalıkta.

Ben senin için aşka katlanmışım. Eğer istiyorsan, senin için ayrılığa da razı olurum.

Oysa varsan vardı aşk ve yoksan yoktu her şey.
Ve her şey en çok sen yokken hiçbir şeydi...

Bir bana mıydı yollarının dikeni?

Sorun kendini diğerlerinden daha akıllı görmende değil,
onları senden daha aptal zannetmende.

Hayatın gayesi, gayesi olan bir hayat olmalıydı.

Susmalarım en uzun konuşmalarımdır.

Ertelenmiş hüzünler, bir gün trajediye dönüşür. Daha fazla uzatmayalım bizi.

Rast gele sevilmiş değilsin ki rest çekilip gidilesin.

Başka görüntüsünde beni oynadım, ben görüntüsünde başkasını.

Bu dünya hangi dünyanın cehennemi?

Bir şiir daha yazalım yaraya, şairi zedelese de dizeler, kabuk olur acının üstüne.

Ölüm uzun bir vedadır sevgili.

Kaçmak adına yapabildiğimiz en büyük firar, bir yüreğe sığınmak.

Yanlışların ve eksiklerin yüzüne yüzüne vurulmuyorsa, bu senin mükemmel olduğunu değil, dostsuz olduğunu gösterir.

Herkese, birleştirilirse doğruları verecek ayrı ayrı yalanlar söylüyorum.

Kimin sonu kimin başında bilemedik.

Ateşini verir misin? Kalbimi yakacağım.

Bilmediğin ne varsa; hepsi aşk içindi.

Bizi küskünlükler bağladı, aşk ayırdı.

Her yalnızlığın bir sahibi var.

Ben bir kodese girmedim;
insanları dışarı kilitledim!

Bugüne mutluluk değil istediğim.
Derdim yarına umutlu olmak.

Baktığım her yüzde onu aradım. Başkalarında hep onu sevdim ve her defasında ona benzemedikleri için hayatıma giren herkesi terk ettim.

Acıyan yanlarıma iyi gelen her şeysin sen.

Gel diyorsam, seni değil, izlerini özlediğimden. Ruhumu bana yeniden kazandırdın sen. Gelmezsen bu gülüş bu ruha oturmaz.

Gözündeki ilk ağrın değildim, gözümdeki ilk ağrı değildin.

Anladım ki ne sensiz yaşayabiliyorum, ne de sensiz ölebiliyorum.

Neyi erken yaşadıysam hep ona geç kalıyorum.

Aşkın kapısından bir asil gibi girmiş, bir dilenci gibi çıkmıştım.

Ah deli çocuk yanım! Sana düşer miydi, onun yangını? Yangınının yanında koca bir yanılgı vardı. Ve sen göremeyecek kadar çocuk kalıyordun aşkın yanında!

Yalnızlık kendini ikimizle bileyliyor. Belki de sen beni değil, sahibi olmak istediğin şeyi kaybetmekten korkuyorsun.

Gidenler, dayanma gücümüzü arttırır.

Çok ağladım... Ağlamalarım ağlamalardan utandı.

Ben senin, kaçmak istediğinde açabileceğin ve sonrasında dünyanın yüzüne çarpıp gidebileceğin bir kapıyım! Gel aç ve kaç!

Pişmanlık, insanın eksikliklerine ve kendi yarattığı hatalarına, yine kendisinin kestiği bir cezadır.

Yokluğun varlığı olan sessizliğim; sus biraz!

O kadar farklıydık ki birbirimizden ve aşk o kadar aynı yapıyordu ki bizi... Zamanla ben sana, sen de bana benzemeye başladın. İçimizde felakete benzeyen bir ümitle, tanıdık bir uçurum kenarında uyuyorduk; bir gün düşeceğimizi bile bile... O kadar eksikti ki hikayemiz, bitip bitmediğini bile anlayamıyorduk

Aşktı, o ve benden oluşan biz! Aşktık biz. İkimiz seni yaratıyorduk aşk! Sendendi sevgimiz, birbirimize oldu ihanetimiz. Ben yokken nasıl yaşar seni?

Anladım ki olmadığın şey olduğunu sanmak, kendisini aldatmasıymış insanın.

Öfkeme bile değmezmişsin.

Bırak bana kalsın bu aşkta yaşamaktan korktuğun acılar.
Aşka sırtını dönersen, seni arkadan bıçaklar.

Boşluk bir sessizlik, sessizlik bir boşluktur.
Ölür gibi doğar, bitmeyecek gibi ölür.

Hayat adildir, almak için verir.

Aşk bazen yanlış anlaşılır. Sen karşındakine "Hayatıma alayım" dersin, karşındaki bunu "Hayatımı al" olarak duyar.

Ben, gidenlere göç etmiş bir yüreği asıyordum hayallerle.
Kendime sığınıyordum şiirlerin dizesinde.

Sen sende var mısın bende kaldığın kadar?

Şimdi öylesi bir kent ki burası, herkes bir başkası olabildiği sürece var, ya da bir başkası herkes olabildiği sürece.

Aşk, al biraz da küskünlüğümü, barış parmakları gönder; bana, ona...

Bugünü hak ettiğinden fazla seversen, "Bugün" mazide kaldığında, sen de hep onunla orada yaşarsın.

Bazen susmak, doğruya giden en kolay yoldur.

Bir kez büyür çocuklar. O, adam oldu. Adam gibi. Adı gibi. Onu büyüten eller yaşıyor gururunu. Sen tanığısın sadece. Geç kaldın! Genç kaldın! Şimdi bir gülkurusu tazeliğinde, dudaklarınla ezber etme onu! Nasılsa, unutmayacaksın!

Yakıyordu aşk önce dıştan içe, sonra içten dışa.

Yola çıkıldığında göze alınmalıydı aşkın adressizliği.

Beklediğim her istasyonda içimden seni götüren bir şiir geçti.

Bu hayata geç kaldım.

İşte benim kadınım budur derken bile seni sana sen'ce anlatacak bir lisanım yok. Şimdi her şeyi zamana bırakma zamanı. Evet! Zaman sadece saatin dönmesi değildir. Zamanla geçer, zaman da geçer.

Yarın ki, bir şairin en eksik yanıdır.

Hayat sil baştan yaşanmaz; bu kararı aldığın yerden devam eder.

Hiçbir soğuk yokluğun kadar üşütmedi.

Bana beni değil, seni bana sor.

Hayat beni sensizken de uzun uzun öldürüyordu zaten.

Senden gelecek bir git'e, kor ayaklar hazırladım ben;
haberin bile yokken…

Eskimezsek eksilmeyiz.

Senin özgürlüğün neden beni esir alıyor?

Neden sonra farkına varıyor insan, ayağına takılan
bütün taşları yoluna kendi döşediğinin…

Kendine iyi bak, beni gör.

Aşk gecikmiş bir mutluluktur.

Gizin içine gizlenen bir yalnızlıksa ve giz bir tohumsa ve suskunluklarla sulanmışsa; yalnızlık büyür de geçer seni, nerene saklayacağını bulamazsın.

Her yıldız yalnız yanar; ayrılıktır bu.
Her yıldız yalnız söner; yalnızlıktır bu.

En güçlü hafıza, pişmanlığın hafızasıdır.

Bilirim; elin avucun yaralanınca kan akar, kalbin yaralandığında ise gözyaşı.

İnsanın ağlarsa kalbi ağlar, gözleri yalan ağlar.

Korkak cesaretine her yol tehlikesiz görünür ve tehlike denilen, korkak için cesurluğunu göstereceği bir kürsüdür!

Nasıl yaşarsan öyle ölürsün.

Yepyeni sensizliklerim oldu. Yoktun! Peki, yoksan bu yaşadığım neyin yokluğuydu?

Mevsimini olduğundan fazla yaşayan bu şehir, kendine iç karanlığını unutturacak kargaşada.

Aşk, insanın yeni içiyle tanışmasıdır.

Ben aşkı yasaklardan öğrendim, yasaklanmayı da bilirim!

Sen hayata yenilmemek için ayaktasın...
Ben, sen yenilme diye.

Bulamamak için aranırdın, kaybetmek için sahip çıkardın, başarısızlık için zafer marşları ezberlerdin. Oysa bilirdim... Az'a yetinmekti tek bilemediğin. Yaşadıkların kadar da yaşatırdın! Gider kalırdım!

Hayat bir günde mi bozuldu ki bir günde düzelsin?

Şimdi yaşama hakkım sana.

Acımasız olan hayat değil, insan aslında.

Kiminin varlığı kemirir içimizi, kiminin yokluğu.

Bir şehrin sokaklarında kaybolmadan o şehri tanıyamaz insan. Hayat, yollarında kaybolmadan öğrenilmiyor bazen. Ve kaybolmak da öğretici olabiliyor çoğu zaman.

İçimi acıtan da sendindin, acımı dindirecek olan da...

Bilmedim, aşkta zor olanın yalan söyleyememek değil, gerçeği gizleyememek olduğunu.

Aşk, kazandıkça değeri azalan, kaybettikçe artan bir şeydir.

Aşık olmak, bir ömrü sevdiğinin yoluna sermek değil; ömrünü, sereceğin yolda beraber yürüyebilmeyi bilmekti. Öbür türlüsü ömrü çiğnetmekten başka bir sonuç vermezdi.

Hayat o kadar kuralsızdır ki bazen, oyunu kuralına göre oynamak bile kazandırmaz insana.

Aldırmadın aldırmalarıma. Bir gecede yakıp yarini,
şafaklara sattın ihanetini.

Meğer siz, nasıl da yetermişsiniz size! Bilemedim...
Sağ olun, sizi sevmeme izin verdiğiniz için ve beni
sevdiğiniz için... Üstüm kalsın!

Aşk çok makyajlı bir şiirmiş.

Dilde sessizlik, kalpte dilsizlik... Budur işte kimsesizlik.

Hayır! Hayır! Ağlamıyorum, ağlamayacağım. Söz verdim
bir kere. Sadece biraz... Sensizlik kaçtı gözüme.

Aşkı sen ya da ben var etmiyoruz; bir araya geldiğimizde aşk bizi var ediyor.

Hayat hiçbir yanlışı düzeltmedi, sadece biz o yanlışlara alıştık.

Ne hissettiğin nasıl algıladığınla ilgilidir.

Benim keşke'lerim olmazdı senden önce. Bana önce keşkeyi öğrettin. Daha kalsam pişmanlığı belleyecekti dilim. Gittim ve ne keşke'liyim ne de hayıflı…

Ve anladım ki ne seninle ağlayabiliyorum,
ne de sensiz gülebiliyorum.

Zaman her şeyin ilacıdır; eğer yanlış reçeteye yazılmamışsa... Öyle kısa ki unutmanın hafızası. Kalbimi seyrine bıraksam döner geri biliyorum. Ama zor olan tekrar başlamak değil; tekrarlanmaktır sevgili. Bildik kırılganlıkları tekrar yaşamak daha çok kırıyor kalbi ikinci seferde. Oysa anlamalıydın, anlayabilmeliydin seni yakmamak uğruna kendimde neleri ateşe verdiğimi. Beni hep yazdıklarımla anlamaya çalıştın; gitmeme belki bu kadar şaşırmazdın, sildiklerimi de anlasaydın.

Bir boşlukta tutunabileceğin tek şey, düştüğün boşluğun kendisidir.

Cesaret, korkmamak değil, korkularınla cesurca yüzleşmektir.

Sensizlik seni anlattı en çok.

Oyalama; çabuk terk et eğer gideceksen. Ben kendimle de yetinebilirim, gidişini unutturabilecek birini beklerken…

İnsanı tüketen sahip olamadıkları değil, sahipken kaybettikleridir.

Artık ne gittiğine üzülüyordum, ne geldiğine seviniyordum. Sadece kabul ediyordum. Önünü görmeden ileriye bakmak, nasılda tökezletiyordu insanı…

Sen, her hecende beni aşka çağırırken, ben gidip buruşuk kelimelerle aşk taslayanlara inandım.

Zaman o kadar cimri ki; hiçbir saniyesini vermiyor geri.

Seni sevmek en gizli ağlama biçimimdi.

Aşk mutluluğu canınızı yakacak kişide buldurur. Ve siz bunu çok sonra anlarsınız.

Üzerine sinen ben'in kokusunu duymadan yaşayabilecek misin?

Seni göreceğimi bilseydim, toplamazdım düşen yüzümü. Hani anlayacağın gerçek hüznüm bu kadar divane değil. Aklı başında terk edilmiş halimin. Sen kötü bir rastlantısın sadece. Hesap soran isyanım sana değil, gidene.

Bazı geç kalınmış pişmanlıklar geç kalındığı için daha da pişman bırakır insanı.

En sıkı kucaklaşmalarda başladı yitirme korkusu.

Affedilmez kusur işlenmedi bizde. Kırgınlığım sözüneydi. Sana, alındım ben! Alındım sevdiğime!

Sana anlattıklarım neleri susuyor bir bilsen...
Ve anlatamadıklarım neleri söylüyor.

Aşka köpek olan kaybeder.

Olan, her zaman olması gereken değildir.

Neye aldanmayacağıma şaşırdım.

Ben gibi değil mi artık içindeki ben? Çok mu ileri gittim ve ertesiz mi bıraktım bu aşkı?

Sen nice kayıplarla yürüyordun yokluğa, ben nice kayıplara aşk dedim senden sonra. Oysaki aşkı yıpratmadan yıllandırmaktı niyetim. Ben o şarkıyı seninle söylemek istemedim, seninle dinleyebilmekti derdim. Ben aşkı haykırmak isterken sessizce zehir gibi yuttum kelimelerimi. Söyle! Sessizlik bile kelimelerle anlatılırken sensizliğin sessizliğini hangi sözlük açıklayabilir ki?

Senin yaptıkların doğruydu, benim yapmadıklarım.

En fazla içimde ölürsün.

Hayat yine kana bana.

O zamanlar, sahip olduğum en değerli şey olarak kendimi görüyordum; çünkü daha seni tanımamıştım.

Gitsem, gelmeler kalıyor; kalsam gelmeler gidiyor.

Seni iyileştirmesine izin verdiğin her yabancı, hak ister sağlığından.

Elindeki tek gerçeksem, hangi yalan beni yok etmeye yetebilir?

İnsanız, ne yapsak eksiğiz işte... Ölüme ayarlı saatiz.

Sakladığım geleceğim, tutamadığım geçmişimsin artık.

Seni ne kadar çok sevdiğimi biri seni sevince anlayacaksın.

Gitmek kal demeyi beklemektir bazen. Yazık ki bu şansım hiç olmayacak. Senin bunu söylemeye de cesaretin yok biliyorum. Gittiğim yerde ben kendime söylerim merak etme. Babaları gidince daha çabuk büyürmüş küçük kızlar. Umarım büyürsün. Umarım unutursun gerçekten.

Boyumdan büyük kelimelerime bakma, susarsam nasıl öykü olur bu aşk?

Git! Ben kendimi yalanlarla kandırırım. Kandırılmaya alışığım.

Soğuk bir ayrılık içtim, düşlerim kamaşıyor.

Benim yalnızlığımın ilacı senin yalnızlığındır.

Haklı olmak güçlü olmaya yetmiyor işte.

Yalnızlık, içinde kendini yalnız hissedebileceğin bir kalabalığının bile olmamasıdır.

Yaşamıyorum, yalnızca hayatta kaldım.

Yolu her sefer intihara çıkan birinin, zaten gerçekte öldüğünün farkına varamadığını öğrendim.

Sor kendine; beni çok sevdiğin için mi beraberdik, yoksa beraber olmaya yetecek kadar sevdiğin için mi?

Aşk, tanıdığınız bir yalnızlık verir ve karşılığında bildiğiniz her şeyi alır! Tanıdığınız aşkı, tanıdığınız yalnızlığı, bir yabancı gibi yaşarsınız.

Sensizliğin anlattığı ne vardı senden başka?

Sen çok şeyken bir şeyde, ben bir tek senim her şeyde.

Sahip olduğum ama hep başkasınınmış gibi hissettiğim kalp sancımdın sen.

Taş duvarlar yanmaz bilirim, büyük yangınların isini giyinirler.

Sadece gidenler farklı. Bıraktıkları acıysa hep aynı.

Tutuştu böylesi gitmelere hazırlıksız çıra yüreğim.

Anlatabilmek, susmaktan geçer bazen.

Önce hangisinden başlar insan: Alıştığı için mi sever, sevdiği için mi alışır?

Geride bıraktıkların diyorum sana! Onları hiç düşünmüyor musun? Farzet bir tiyatro oyunundasın ve sahnede senin hayatın oynuyor. Sen karanlıkta insanların ayaklarına basa basa çıkıyorsun salondan. İnsanlar senin bıraktığın acıyla kalıyor geride... Sense oyunun sonunu bile göremeden gidiyorsun bu hayattan. Nasıl başaracaksın sessizce yok olup gitmeyi, ardında acılar bırakmamayı? Kendi ölümüne kaza süsü vererek mi?

Bir gün gidersen beni kaldığına inandırarak git. Ben ancak gitmediğine inanarak yaşayabilirim.

Doğruların ne olduğunu tam olarak bilemesen de yanlışlarını fark edebilecek yaştasın.

Yalnızlık, hiç kimsenin olmadığını bile bile günde en az on kere içine bakmasıdır insanın.

Sen gitmek için geciktin, ben kalmaya aceleciydim.

Kalabalığım çok,
insanım yok.

Hevesin gırtlağında kalır da sırtına vuran çıkmaz.
Böyledir işte yalnızlık.

Senin bir zehir olduğunu bile bile tadına baktım ben.

Hayat ölüme giden bir köprüdür.

Kapılar vardır kapanan... İçten dışa, dıştan içe... İçimizden dışımızdakilere kapattıklarımız ve dışımızdakilerin içe doğru yani bize kapattıkları. Ve bazen bir kapı aralığında unutuluyor adına aşk denebilecek bütün bakışmalar. Kimse geç kalmadı aşk erken geldi.

Susmak en inatçısı olmaktır yalnızlığın.

Senin bendeki son özgürlüğün, benim sendeki ilk tutsaklığımdır.

Benden sonrası kim bilir kimlerin başlangıcı.

Yalnızlık, yârin kentinde kendini öksüz hissetmektir.

Ey ayak izleri kalbimde kalanım... Şimdi herkes biraz daha sen... Her saat biraz daha geç ve aylar fazla geliyor yıllara.

Sevdiğimin türküsü çalındı. Dinledikçe hırsızı oldu kulaklarımın.

Herkes kadar farkı olanın farkı nerede?

Aşk insanı kendisine dünyanın en güçlü, aynı zamanda en zayıf insanı gibi hissettirir.

Aşk da biter... Ve sen düşersin kurduğun düşten.

Beni ölene dek sevemezsin sevgili. Gelecekteki ben'i tanımıyorsun çünkü. Onu ben bile tanımıyorum daha. Seninle hep anlarda buluştu kalbimiz. Biten bir birlikteliğin ardından bir tek anlar kalır hafızamızda. Silinir de bütün çirkinlikler, bir tek güzel olan anlar kalır geride. Işığın güzel düştüğü bir yüz, yüzdeki masum gülüş, sesli bir kahkaha belki... Anların anısı yaşar yürek kuytularımızda. Bütün hayata sızar o anlar. Oysa güzel bakan bir gözün ışığı ikinci kez aynı ışıkla bakamaz bir daha. Sonra unuturuz da zor olanı, çekilmez olanı, gitmek için sebebimiz olanı; geriye dönüp sarılmak isteriz yeniden sevgiliye. Aslında sevgili değildir sarılmak istediğimiz. Sadece o güzel anlardır. Ama onu asla bilemeyiz. Zaten bu yüzden evde kalmış aşklarımızı ayrılıklarla evlendiririz.

Gittin! Hiçbir şiire yakışmadı bu gidiş... Keşke bu kadar İstanbul olmasaydın!

Bir siz varsınız, diğeriniz yokluğunuz.

Ağladım. Ağlamak mevsimsiz durdu yüzümde.
Ağlamadım, kin saldırdı kirpiklerime.

Hiçbir şeyi olmayandan nasıl çaldın her şeyini?

Yalnızlık ölüm kokar.

Hayatın rüzgarında kime yelkeniz?

Bana beni aratıp, kendini bulduran yar... O kadar sıkı ki boşluğun, şimdi senin boşluğunu hiçbir boşluk kandıramayacak!

Geride kalan her şeyi yanında götürmektir aslında gitmek.

Kendine iyi bakman neye yarar, kendin sana iyi bakmıyorsa…

Sustun… Ve bir şair bıraktın geride, ekmeğini aşktan çıkaran…

Aşkı taşımayı bilmeyen, aşkı yaşamayı da bilmez.

Gidiyorsun… Hep gidiyorsun. Gelmelerini unutturacak kadar çok gidiyorsun.

Utanç bildiğiniz, bakmadığınız aynalardaki görmediğiniz siz.

Gayret sarf etmeden ilerlediğini zanneden biri, yokuş aşağı indiğinin farkına varamaz.

Senden sonra "Biz" olmadı bir daha. Varlığımdan yokluğunu çıkarınca geriye hiç kaldı.

Bu dağa tırmananlar düşer, seyredenler değil!

Bana karanlığın ne demek olduğunu öğretmeden, bütün ışıklarımı söndürüyorsun.

Giderayak gelişlerinde, ansızın gidiyorsun; susar gibi, küser gibi, terk eder gibi... İşte o zaman duruyor zaman ve bitmiyor hiçbir şarkı. O zaman, terk edebiliyorum seni içimden; o zaman, nefret edebiliyorum senden! Ama sadece o zaman, o an.

"Gözlerinde bir aşk var bana saklı olan. Kimselere vermem onu" dedin ve almadan gittin!

Böyledir sevmek; gidişine küfrettirir, gelişine şükrettirir.

Bir tecrübeden ölmeden sağ çıkılınca o tecrübe tecrübe olarak kullanılabilir.

Ne ilk gelensin ne de son giden.

Hayat sandığımız kadar kötü, beklediğimiz kadar da iyi değildir.

Suskunluğum, konuşamamaktan ya da adam sansınlar diye değil, konuştuklarımdan yapılma silahlarla beni vurmasınlar diyedir.

Bugünün izleri, geçmişin yara kabuklarından gelir.

Aşka rağmen aşka inan.

Aynı tabuta konamasak da seninle aynı dünyada ölmek güzel.

Karanlığa çare yoktur, nasıl olsa yol bulunur. Ve yürekleri sağır eden bir sessizlik, tükenmişlikten arta kalan tek varlığın olur. Söylenmemiş tüm sözcükleri ancak ağlarsın içinde. Ve bilemezsin geride kalan mı yalnızdır, yoksa giden midir aslında...

Ama yine de sen biriktir gözyaşlarını, belki bir gün tutuşturur seni bensizlik, belki bir gün sen de beni ağlarsın.

Her şeye rağmen bana öyle çok sığdın ki İçimde kimseye yer bırakmadın.

Önce geliyorsun. Hiçbir aynada tanıyamıyorum kendimi. Tanısam da kendime inanmıyorum. Aşık ediyorsun kendine. Sonra gidiyorsun. Uğruna kazdığım temelleri sarsıyorsun. Aşka bina ettiklerimi yıkıyorsun. Ben aşka hürmeten susarken, sen bunları laf olsun diye yapıyorsun.

Yalnızlık; seni, herkesini ve her şeyini kabullenmek ama bunu sana anlatma yeteneğinden yoksun olmaktır.

Seni bu kadar sevmeye değer bulmayanı, sen neden ardından ağlamaya değer buluyorsun?

İşin kolayına kaçmadım; uğruna ölmedim yani.
Uğruna ölünecek sandığım biri için yaşadım hep.

Terk ediliyorsunuzdur ve yapabildiğiniz tek şey;
hiçbir şeydir…

Ne desem kar yağıyor.

Unutmak dediğinin nesi zor ki; asıl unutmak zorunda olmak koyar adama.

Bu kendime son gelişim.

Sakın unutma! Unutmak değil, unutulmaktır asıl yalnızlık. Seni, bu gülüşü kurtlanmış insanların içinden çekip çıkarttıysam, her gülenin mutlu olmadığını, her ağlayanın da üzgün olmadığını bil diyedir. İnsanları tanıdıkça, yalnızlığı daha çok seveceksin.

Beni susarken bölme.

Pişman olacaksan vazgeçmeyeceksin, vazgeçmişsen pişman olmayacaksın.

Kendinden korkan bir tarla korkuluğu gibisin?

Ben yarama çoktan sen bastım.

Aslolan, içindeki aşkı herkese dağıtman değil, o aşkın asıl sahibini bulmandır.

Ya sizin hayalleriniz sevdiğinize bir beden büyük gelir, ya da sevdiğinizin aşkı size dar...

Kinim kendime, susuşum sana,
küsüşüm tüm dünyaya.

Yine de çok seviyorum seni; sabah aydınlığıma koca bir "İyi akşamlar" bırakıp gitmene rağmen…

Gelirsem biter aşk.

Bir aşk, yarasını alır da yanına saklanırdı. Bir adam, zor olsa da unutulurdu. Zamanla azalan arkadaşlıklar, yalnızlıkla doldurulurdu. Peki ya bir geçmiş, ömrün neresinde tutulabilirdi?

En çok yarım kalmak yorar insanı. Gidişin bile yarım…

Unutmadım! Sadece birkaç şiir ara verdim sana.

Aşk bir denizdir; içinde kendi yüzdürdüğü gemileri batıran…

Gelseydin eğer, kendimi bile kovardım yanımdan, gelmedin yine kendimsiz kaldım ardından...

Biz aşk gibi bir şiir yaşıyorduk. Ya da şiir gibi bir aşktı... Bundandı bölünmelerimiz. Kıta kıta bütün oluyorduk, parça parça da anlamlıydık. Ne zaman güzel bir tam olsak, bitiyorduk ve yeni bir şiirde yeni kelimelerle, yeniden başlıyorduk.

Vazgeçmeler vazgeçmekten vazgeçti.

Hepimizin adı insan ama hepimiz insan değiliz.

Geçmiş yoruyorsa insanı "Şimdi" daha fazla yoruyormuş. Ve her gelecek diye beklediğim hep geçmişte kalıyormuş. Sana değil, hayata benim kırgınlığım. Hangimiz hangimizin kaybettiğiyiz bilmiyorum. Yok, yanımda beni benimle taşıyabilecek hiç kimse. Yalnızım… Yalnızlığım.

Kokusunu duyabildiğin kadar seversin bir gülü.

Zaten önce sarıp, sonra üşütmüyor mu her kol?
Ayrılık hep aşk kılığında gelmiyor mu?

Korkma aşktan, aşk senden korksun ulan!

Oysa ben senden bir bardak su istedim, Akdeniz değil.

"Birazdan" diye başlayacağınız her cümlede ertelenen bir şimdi. Aslınızla yüz yüzesiniz! Bir tek kendinize yaslanamazsınız!

Bana bir kere susma hakkı verseydin sana neler söyleyecektim!

Kalpçeden anlamıyor senin dilin. Ben severken konuşmazdım ki sevgili.

Hayat, o hayatı yaşamayı becerebilene güzeldir; ve bir hayatı yaşanır kılmak yine insanın kendi elindedir.

Küfür gibi kanayan bu yaradan yangınlar doğuyor. Alev alev sönüyor , cayır cayır susuyorum.

Hiçbir silah kendini vuramaz.

Beni benden aldığından, seni özlerken kendimi de özlüyorum.

Yokluğun da kemirecek beni, varlığın da…

Hangi aşk kendi fırtınasına dayanabildi?

Bu ne acı bir sınav, ne acı bir tecrübe. Zaman durdu, hayat devam etti sen gidince. Hâlâ da devam ediyor; ama benim hayatım değil o akıp duran sessizce.

Uzattım da ellerimi, Senin yüreğin el vermedi.

Kimliğimi soruyorlar birileri, çıkarıp resmini gösteriyorum.

Zaman en iyi ilaç değildir. Çünkü insan, kendi yarasına kendini basar. Bir öncekini unutmak için kendine yeni yaralar açar. Zaman da gelip hazıra konar.

Riski bazen kazanmak için, bazen de elindekini kaybetmemek için alırsın.

Oysa senden tek bir damla istemiştim; sana kocaman bir deniz sunmak için.

Ömrümün noktası... Gelmezsin bilirim... Yollarım dar gelir adımlarına. İşte hep bu yüzden yalnız ve yarsızım ben…

Başladığın cümleni kendin bitiremezsen, noktayı başkası koyar.

Hani sen bana kalkmayı değil, düşmemeyi öğretecektin?

Yalanlarla saklıyorum sevdamı, ne olur yanlış anla beni.

Bir zamanlar sana en yakın kadar uzaktım, oysa şimdi en uzak kadar yakınım.

Her aşk katilidir bir öncekinin.

Merak ediyorsan eğer, giderken ölümüne bıraktığın
yalnızlık, kendisiyle yaşamayı öğretti bana.

Yalnızlık düğümlenip
sen çözülmek ne garip şey.

Bir insan iki kuyuya aynı anda, gözlerinden düşebilir…
İtme.

Herkes geç kaldığı kadar varır hayata.

Şairinden satın alınan çok kullanılmış yalnızlıklar bir beden küçük gelirmiş alana. Bana ondan en çok onun kaybettikleri kaldı. İstemedikleriydi payıma düşen! Anmayacağı anlardı bana bıraktığı! Gelişini beklemek, gidişini izlemek... Bana en çok onun ardı kaldı.

Ben unutulmamak değil, hatırlanmak istiyordum.

En dipteysen düşemezsin.

Yaralar acıyı saklar, izleri hayatı gösterir.

Ne zaman lafın bir ucu sana çıksa sonuna gelemeden heba oluyor gülümseyişlerim.

Zaman acıyı bitirmez, dönüştürür sevgilim.

Aşkı meslek edinmiş yüreğin meğer ne kadar da hazırmış
her yeni başlangıca hazin bir son bulmaya…

Sen bana kanma yarım sevgilim, ben sana zaten
kanıyorum.

Bilse, çareler bile derdini dert edinirdi.

Bilinirsen bulunursun, bulunursan sen,
kaybım olursun.

Kimsenin içi görünmez ve hiç bulamadıklarını asla yitiremezsin.

Keşke sen de aşkı karşındakinin gözlerine değil de kalbine bakarak öğrenmiş olsaydın.

Zamandı aramızın mesafesi,
duvarı, denizi, ovası...

Meleklerin ölme hakkı yoktur!

Sen sana gözlerimden bak; gör nasıl seveceksin kendini.

Ben acıtırdım, sarardım ve sonra yine kanatırdım severken. Sense su olur akardın, pus olup susardın, sis gibi çekilirsin içimden, severken...

Kes biletimi. Kendime dönüyorum ben.

Hayatımda kaderimin yerini alan bir rastlantıydın, şimdi kaderime yol alarak seni sana geri gönderiyorum.

Devamlı kazanmaya çalışmaktır bizi hep kaybeden yapan.

Mutluluk varılacak değil, kat ederken yaşanacak bir yoldur.

Bir açıdan kendini görebilmen, diğer bir açıdan kendini yitirmene bağlıdır. "Görebilme"nin bedelidir bu.

Gidersem Kahraman olurum, kalırsam, senin.

"Biz" olmaya yetmeyecek kadar çoktu engelimiz. Aşılan her engelle daha çok "Biz" oluyorduk ama... Birlikte vardığımız her noktada, birbirimizi yitirmekle başlıyorduk yaşamaya. Alıştığımız kayıplar yetmiyordu da bizi bizde silmeye. Birbirimizin içinde ölmemiz, imkânsız bir Azrail işiydi. Nasıl yer etmiştik içimizde? Sen öyle uzak, ben böyle çocuk...

Sen bana güneşten yağmur çal diyorsun.

Sevdim ve vazgeçmedim senden; bir onursuzluk pahasına...

Yağmur herkes için yağar ama herkes o yağmurda aynı baş döndürücü sarhoşluğu yaşayamaz.

Bazen terk edip gidebilmeli bu şehri kendi çaresizliğinde. Bazen inceldiği yerden kopmalı hayat.

Tecrübelenmek, önce sınavdan geçip, sonra ders alan insanın, aslında doğru olanın, dersini aldıktan sonra sınava girmesi gerektiği olduğunu öğrenmesidir. Ve sanılanın aksine tecrübe konuşmaz; çünkü o ızdırabın ödülüdür.

Sustum senden sonra. Sessize aldım dilimi.
Ne vakit seni anacak olsam, içim titredi.

Zamanla geçer dediklerin ne zaman geçer?

Bu insanlar için bir adam olurum ama bu insanların adamı olmam.

Benim dilim, senin hiç duymadığın bir şarkıyı söylüyor şimdi. "Müsait bir ayrılıkta inecek var" bu şarkının adı.

Saatler seni sen geçmiyor.

İlk gel-git'te gideceğinizi bildiğim halde. Kandım gelmenize. Kopardığım ilk fırtınada gittiniz, gelen dalganın gitmesini beklemeden gittiniz! Her şeyinizi alıp da gittiniz. Hiç gelmemiş gibi, gittiniz!

Ya hayal ettiğin aşkı bulacaksın ya da bulduğun aşkı hayallerine uyduracaksın.

Buraya kadar işte. Gerisini hayat halleder boş ver. Sen içinde saklı kalmış kayıplarınla yaşa. Gerçeği silikleştirecek kadar büyük bir şiir yazarak cezalandırıyorum seni. Ben aşkı evcilleştirmeden kendimin kılmayı başaramadım. Harcadığım zamanı sana iade ediyorum; en nitelikli acılarımla...

Sesim yetişmedi sana, sustum.

Sözlerimin feri söndü, fire verdim cümlelerde. Cümle içinde yarım kaldım, sayfaya dökülemez oldum.

Sesim yetişmedi sana, sustum.

Parmak izlerin duruyor bakışlarımda. Nereye baksam senden bir iz bırakıyorum.

Neleri unutmadık be sevgili ve neleri unuttu bizi. İnan aklında kalandan fazlası değilim, olamam. Çok değil, unutacağın kadarım işte.

Hayat, kötü insanların başına iyi şeyler, iyi insanların başına da kötü şeyler verecek kadar adaletsizdir bazen.

Ben senden mutlu bir son değil, mutlu bir sonsuzluk istemiştim.

Yarım kalan öykülerimin noktası
olmaktan vazgeç.

Bana başlangıçlara yeter hevesini ver.

Zamanın kaybettirdikleriyle sakladıkları arasında bir yerlerde bir sarkaç gibi gidip geldim. Bak seni yazayım derken aşkımı anlattım. Öyle büyüktü ki aşkım, sığmadı hiçbir satır, çoğu, şiirin dışında kaldı.

Aşk, rüyanda daha fazla görebilmek için erkenden yatmak, sonra da gittiğinden korkup sıçramaktır.

Ben duymak istediğin yalanları veremem sana. Onlar sadece günü kurtarır. Işık sandığın ve tutunduğun karanlıkları sana göstermek zorundayım. Unutma; karanlığı aydınlatmazsan, zamanla o karanlığa alışır gözlerin.

Yaralar değil canı yakan, izin tendeki çirkinliği.

Aşk, karşındakinin gözlerinde sadece senin görebildiğin bir ışığa kapılmaktır.

Başka aşklarla tamamladık eksiklerimizi.

Ben sadece, gidişine dayanabilecek kadar ayaktayım, daha fazlasını verme!

Dönecekmiş gibi gitmeyeceksin.

Yazılmış sözleri susuyorum, konuşarak, yazılmamışları siliyorum. Bana hecelerini ver.

Plastik balyozla, demir dövülmez.

Yanlış yerde söylenen doğru, doğru yerde söylenen yanlış kadar yanlıştır bazen.

Başkalarının hayallerini süslemek adına kendi hayallerinden vazgeçenler, bir gün gerçekten hayal olur.

İnsan ihanet etmeyecek kadar temiz değildir çoğu kez.
Ben bile ilk ihanetimi çocukluğuma yaptım; büyüyerek.

Bazen iki sevdalı bir aşk etmiyor? Şimdi onun
hayalinden yapılma bu dala sımsıkı tutunsam ne olur…
O dal bu kuştan çoktan vazgeçmiş.

İçindeki karanlığa saklanıyorsun hâlâ.
Yaraya yarayla karşılık veriyorsun.

Aşk, boşluğa isim koyma gayretidir.

Kalbinde olmak her şey, kalbimde olman her şeyim…

Sensizim, yani gölgesiz yaşıyorum.

Başlamak bitirmenin yarısıysa, yanlış başlamak hatanın tamamıdır.

Sevgim kadar büyük değilmişsin.

Yalnızlık tek başına taşınır.

Ağlamayacak kadar vazgeçeceğim senden.

Kendimi yitirmiş değilim, sadece sende kayboldum o kadar.

Sende hiçbir şeydim, sen bende her şeyken.

Ayrılmak vazgeçmek gibidir, doğru değildir ama gereklidir. Çünkü hayat olduğu gibidir olması gerektiği gibi değil.

Beni benden alıp gittin; içimde bensizlik dışımda sensizlik var şimdi.

Ben sana seni gösteren bir aynaydım.

Ömrüne kattığın mutluluğu, benim hayatımdan çalman doğru muydu sence?

Anladım ki ayrılığa değil, ayrı kalmaya yeniliyor insan.

İnsan değişir ama bizi asıl üzen hiç değişmeyenlerdir.

Verdiğin geçici rahatsızlık için ömür dilerim senden.

Büyük harflerle yazıyorum gerçeğe dönüşmemiş aşkımızı; kalabalık görünsün diye…

Aynı suda ikinci kez yıkanmak imkânsız değil,
boğulmakmış!

Kalabalık bu hayat denizinde ne olduğunu düşünürsün.
Hep seven ve sevilmeyen... Kimsenin her şeyi
olamayan...

Sol yanıma yatsam seni uyusam, hep rüyada kalsam.

Herkes kendi gördüğüne bakar. Peki, hayatın rüzgarında
kime yelkeniz?

Geceler unutmaya düşman.

İçinde ellerin olmayan her şey sadece kalabalık.

Aklıma gözlerin düşer, susarak çağırırım seni ben.
Hasretle, aşkla ben iyi olurum. Sen kendine iyi bak!

Kendimize "Her şey" yaptıklarımız, giderken bizi arkalarında "Hiçbir şey" olarak bırakacaktır.

Kolayıma gelmedin, zoruma gittin...

Kendinde aramaya cesaret edemediği hataları, insan başkalarında çok kolay buluyor.

Bir yanlışa sarılır gibi sarılmıştım ona; ölümüme kadar sakat bırakarak kendimi... Bile bile... Seve seve... Yeri geldiğinde bir doğru gibi gidecektim yine de... Hazırdım gitmelerin tümüne...

En iyi ölüm, berbat bir yaşamın kıyısında bekler.

Aramayı unutan bulmayı öğrenemez.

Bana her aşkın katilini de kendi içinde taşıdığını sen öğrettin.

Aşk, kalbine misafir olarak aldığının, yavaş yavaş o kalbin ev sahibi olmasıyla başlıyor.

Yalnızlığımın bir sahibi var.

Bu gidiş beni öldürecek biliyorum ama kaçsam ağlamaklı oluyor omuz başların, yaslansam uçurumsun…

Hayat denen bu zorlu yolun daha ilk dönemecinde, solumdaki aynadan geçip gitti çocukluğum.

Öyle bakacaktın arkamdan, oyuncağı elinden alınmış zavallı çocuklar gibi. Ve ben bir avuç gözyaşıyla bir ömrü yıkayacaktım.

İnsan bazen olana değil de olmayana ağlar.

Büyüdü yalnızlığım, artık ağlamıyor. Ve artık sen de gidebilecek kadar büyüdün. Ve artık sen de gidebilirsin. Ben seni başka bir bana emanet ediyorum.

Kıskanmak aşkın bencil yüzüdür.

Ben seni yaralarından tanıdım.

İnsana en uzak düşen şey, bilerek geride bıraktıklarıdır.

Ey ömrümün virgülü böyle mi bitecektin ha?

İnsanlar geçmişlerine en büyük ihaneti unutarak yapar.

Hayallerinden çok daha önce kırılır insan.

Aklım kara kış, ellerim seni üşüyor, bugün günlerden soğuk.

Bende duran zaman sende nasıl geçiyor?

Seni gözlerinden seviyorum.

Vazgeçtim! Kalbimle aramdan çıkıyorum.

Aşk ne senin bende gördüğündür ne de benim sende gördüğüm. Aşk; birlikte gördüğümüzdür.

Senden değil seninle karşılaşmaktan korkuyorum.

Gözlerinde kanarsa yaran, sargıdır göz kapaklarım.

Bana en güzel düşmeleri bıraktın uçurum gözlerinden.

Sor kendine: gittiğim için mi kaybettim, kaybettiğim için mi gittin?

Bu hayat seni unutabileceğim kadar uzun değil.

Sen ıslatmasını bilmeyen bir yağmur oldun her akşam, ben ıslanmasını bilmeyen ahmak.

Tüm sönmüşlüğümle, nefesini arkama alarak savruluyorum hayatından, tıpkı bir kül yığını gibi... Kül ettiğin hayatımla hayatından çıkıyorum. Ama sakın unutma külün gençliği ateştir sevgilim. Külün gençliği ateştir.

Yaşama nedenini hayallere bağlarsan, gerçekler ölüm sebebin olur.

Aşk, hayattaki en saçma güzelliktir.

Yüzünü karanlığa döndüğünde ve odan karanlık olduğunda belirir yüzü. Ne gider, ne gelir. Öylece durur karşında. Bir siluettir o. Hayatına girmek için varolmamıştır... Gitmek için de... Biraz gölge, biraz duvar, biraz sendir o. Ne somurtur, ne gülümsetir. Yine de tekilliği o'na tercih eder insan. Böyledir işte imkansız aşklar. Ne 'Sen' varsındır, ne 'O' yoktur. Sonra bir gün anlarsın bir başkasına ait olduğunu o siluetin. Arkasında bir karanlık bırakıp gider. Ve ne zaman o karanlığa baksa insan, kendi yüzüyle tanışır yeniden. Dedim ya... Böyledir işte imkansız aşklar. Ne sen varsındır, ne o yoktur.

Daha az kanarım; geldiğin kadar gidersen. Ki bir gün gideceksin, bende kaldığını bilmeden…

Aşk sözle değil, sus'la anlatılır.

Ne geçmişte yaşayabiliyorum, ne de geçmiş bana bugünü yaşatıyor.

Yaşamak için geç bir zaman, ölmek için ise erken.

Hiç tanımadığın bir öpüş seninkidir aslında, ne zaman nerde yitirdiğini bulmak zordur ıssız kırılganlıkların…

Gidenler kalanların eseridir.

Aşk bir intihar saldırısıdır; yalnızca iki kişinin öldüğü…

Senden sadece bir şey istiyorum. Son kez gel yanıma. Sonra git. Ama son kez benim ol ne olur. Tek istediğim bu. Bu isteğimi çok görme ne olur. Çünkü bana sen öğrettin: istemeyi bilmiyorsan, yetinmeye mahkumsundur.

Bitsin artık bu bitmek bilmeyen bitmeler.

Sessizlik de bir dildir.

Sensizlik değil giderken bıraktığın, düpedüz bensizlik!

Benim bir ayrılığa ihtiyacım yoktu; neden geldin?

Karların beyazına aşık olanlar, bazen o beyazın dondurabildiğini unutur.

Herkes kendi içinde taşır cennetini. Ve sen istemedikçe kimse cehenneme çeviremez o cenneti.

İmkansız, senin olmayanın çekiciliğidir.

Öyle uzaklaşıyoruz ki birbirimizden, öyle köreltiyor ki büyük şehirler insan yanımızı; binalar yükseldikçe insanlık alçalıyor sanki.

İlikler bile düğmeler boş kalmasın diye varken, sen neden yoksun ki yakamda?

Ve ben hayalimdeki aşka tutunup, gerçeğinden ayrılıyordum her sefer.

Ben seninleyken bile senin söylemek isteyip de sakladıklarını bildiğim için bu kadar kederliyim, bu kadar yalnız.

Sevdiğini söylemez, sevmediğini susardı.

Şimdiki aklım bana geçmişi yeniden yaşatmıyor ama en azından geleceğime ışık tutuyor.

Susmayı da sözlerden öğrenir insan.

Benim, uç uca ekleyerek yaşamayı seçtiğim an'a insanlar zaman diyor.

Şairin mermisi şiiridir.

Tek gerçeğim ve tek hayalim olarak kalacaksın. Vazgeçtiğim seni sevmek değil, seninle olmak... Her şeyin farkındayım. Çok zor böylesi. Uzakta olmam her şeyi görmeme engel değil. Kör değilim, sadece görmezden geliyorum. Şimdi unutabilirsin beni.

Böyle bir şeysin sen aşk; hem yaşamaya heves ettiren, hem ölümü özleten.

Her yara tende bir iz için, hatırlanması yasak bir giz için kabuk bağlar.

Olgunluk tahammülle başlar.

Terk ettiklerimiz, yalnızlığı öğrettiklerimiz değil, yalnızlığa mahkum ettiklerimizdir.

Acı, kendisiyle savaşıldığı için acıtıyormuş. Ona teslim olunduğunda ise alışıyormuşsun varlığına. Anladım ki acıyı dibine kadar yaşayıp bitirmek gerekiyormuş. Yoksa bir kanser gibi yayılıyor tüm hayatına.

Ne özgürlük kalıcıdır, ne de esaret.

Hayat bana düşündüğüm her şeye inanmamayı öğretti.

Sevdiğimin türküsü çalındı. Dinledikçe hırsızı oldu kulaklarımın.

Bazen hayat o kadar yabancılaştırır ki kendini, zaten olması gerekeni bir lütufmuş gibi sunar. Ve insanoğlu sevinçle karşılar bunu.

Sen sevdana baş aktör değil, provasız aşklarına figüran arıyorsun.

Bazen ömrümüze yerleşen ve aşkından ayaklarımızı yerden kesen sevgili, sevgisiyle göklere çıkarır benliğimizi ve bir anda bırakır gider. Öyle bir düşeriz ki zaman durur, hayat devam eder. Ve o zaman anlarız; ayaklarımızın yerden kesilmesi, sevgilinin bizi göklere çıkarması değil, uçuruma adım attırmasıymış.

Gidişimde bir yalnızlık yok. Sadece yokluğum yıllarına ağır geliyor.

Suskunluğun en bilmediğim dilini konuşuyorsun ve yine en bilmediğim dillerde susuyorsun. Beni hep senden vazgeçişlerimde fark ediyorsun.

Kendi üstüme basıp senden geçtim.

İnsan her şeye rağmen yalnız, herkese rağmen eksik kalıyor sensizlikte.

Sen bir katilsin ama suç işlemedin. Suç işlemeden katil olanlar sadece kalp kıranlardır.

Bana en büyük tehdit yine ben oluyorum.

Ben tükendikçe artıyor yalnızlığım.

An kaybından ölen zaman, senden daha katilini bulamadı kendine.

Giderek korkunçlaşan bir masala dönüşüyorsa aşk, sen hep çocuk kal! O zaman daha kolay unutuluyor her şey.

Söylenememiş tüm sözcükleri ancak ağlarsın içinde ve bilemezsin geride kalan mı yalnızdır, yoksa giden midir aslında...

Her sevda yeni bir "Keşke"ye yer açıyor yürekte.

İnsan olmanın sihrini bir aşkla bozmuşum.

Seni görmelere yanarken içim, seni bir daha görmeyeceğimi biliyorum, gölgesinde seni sevmişliğim olan bu şehirde...

Sensiz de büyürüm vazgeçilmez değilsin.

Eksik olan, hep yerimizde kalmamız. Fazla gelen, geri dönüşlerimiz.

Usta ona, "Susmayı iyi bilirim" dedim. Önce sustu, sonra "En iyi susmayı bildiğini, en iyi ben bilirim" dedi ve giden olmayı seçti.

Ne birlikte olabilmeyi öğrendim, ne de seni kaybetmemeyi. Biz aşk değil, aşksızlık acısı çekiyoruz.

Her yalnız, bir gün mutlaka kendini mutsuz edecek birini buluyordu.

Kiminin en büyük hayali zenginliktir; kimininse en büyük zenginliği hayalleridir.

Şimdi peşinden yürüsem, ben de gitmiş olacaktım değil mi? Ağaca çıkan bir kedi yavrusunu geri alabilmek gibidir gitmek; onu alabilmek için sen de peşinden ağaca çıkmalısın… Gitmelisin…

Kavuşamayacağımız için, bizim hiç ayrılığımız olmayacak. Beni bekleme çocuk! Beklemek ayrılığa dönüşür zamanla...Bul seni, kendini kaybettiğin bende.

Kendini söndüremeyen, yanındakini de yakar.

Ödünç aldığımız külleri, ateş ödedik biz hep.

Kendini öldüreceğine derdini öldür.

Bir sen kalmıştın oysa bana senden sonra... Senden öncem zaten seninle bitmişti.

Hayatta kalmaya çalışmak da zaten bir tür intihar değil midir? Tek fark bunu ölerek yapmıyorsun. Hayatın dışına doğru yürümüyorsun. Duruyor ve bekliyorsun eşikte. Belki bir el uzanır sana diye.

Aslında yaşlanmıyoruz çocuk; gençliğimiz kısalıyor.

Senin yalan ve ihanete ödediğin bedelin çok daha ağırını ben dürüstlüğüme ödedim.

Sustuğum yakarken canımı, içi rahatlıyor muydu acaba?

Varlığının sevincini serememiştim yüzüme; yokluğunun üzüncü de dökülemedi yüzümden.

Ben hiç mutluluktan delirmedim ama delirmekten mutluyum.

Oysa seni suçsuz yere özür dileyecek kadar çok sevmiştim.

Yetişme bana geç kal! Erkenciliğin değil miydi bize koca bir geleceği geciktiren?

Sen beni, benimle bulamadın; bensiz kaybettin.

Güzelin seveni çok olur ve güzeller de bir gün yaşlanır.

Ellerinden gelen bir şimdi'yle, "Bana yar olsa" diyemediğim bir gelecek arasında tercihlere yatırıyorum suskunluğumu. Sen'siz bir gelecek, sen'li bir şimdi…

Ve hiçbir şey yazılmadı ardımdan. Olduk ve bittik. Kanıtsız!

Başkalarına doğru gelecek şeyleri söylemenin, kendini kandırmak olduğunu bil.

Rüyalar uyumak değil, uyanmak içindir.

Büyük hayallerin kırıkları da büyük olur ama ne yapayım, yıldızlar da ancak kendini yakabildiği sürece yıldızdır.

Asla yönelmemen gereken bir çıkış kapısıdır intihar.

Başlamayacakmış gibi gelmişti, bitmemiş gibi gitti.

Kalbimden öpmüştün ya hani, kalbimde taşıdığım dudak izinle gidiyorum. İçimdeki “Sen” devri kapanıyor.

Kaderden kaçılmaz, kadere gidilir.

Ben sana yenilmek için sevdim seni.

Yaşananların üstünü örtecek kadar şeffaf bir kelimem yok.

Gerçekten sevilmişse bir yürek, atışını kendi sevgisiyle körüklemişse... Unutmak imkânsızdı.

İntihar, ölümden çalınmış bir intikamdır.

Ben sahip olduğuna ait olmayan biriyim. Ben zaten bu dünyanın da adamı değilim. Bir gün dönebilirim de... Gururum ve onurum, senden daha değerli değil... Ayaklarına kapanıp yalvarabilirim. Ama şimdi gitme zamanı. Her şeyin adına her şeye rağmen.

Önemli olan çarkların aynı yöne dönmesi değil, aynı amaca hizmet etmesidir.

İçinde var olduğu yokluğu sahiplenemez de gider insan bazen…

Sana ışığın kıymetini göstermek için dünyanı karartmama gerek yok.

Karanlıktan korkarak, geceyle barışamazsın.

İnsanları düşünüyorum da herkes aynı dili konuşuyor ama kimse kimseyi anlamıyor.

Bire hiç eklemekmiş gelişin.

Hayat, elde ettiklerinden ziyade, elinde kalanlardır.

Kusursuz bir güzelliğe sahip olmayı, güzel bir kusursuzluğa tercih edebilmeli insan.

Kendini bitirecek bir kıyamete sahip olarak adınla kirlenmek değil de nedir ölüme yürümek? Bir tırnak gibi uzadıkça kestiğin bir parçan işte.

Kaybediyordum kendimi. Bunun bilincinde olmaktı aşk! Bilinçli bir kayıp, kayıplı bir bilinç ve aklımı yok sayıp beynime yerleşen aşk!

Bırak böyle kalayım. Başkalarının istediğine dönüşürsem, kendi istemediğime dönüşmüş olurum.

Yokmuş işte! Hayat üstümü vermedi…

Bir yaşayana ölü muamelesi yapmaktır terk edilmek. Onun bir yerlerde nefes aldığını bildikçe onu nasıl ölü sayarsınız?

Yarımlığımı tamamlamaya çalışma. Bırak tam bir yarımlığım olsun. Ben sahip olamadıklarımla mutlu olmayı öğrendim ve onları kaybetme korkum hiç olmayacak.

Hatalarımızın ne olduğunu bilerek yaşamak pişmanlık değildir.

Bazen hayatın çok hızlı olduğunu duyumsarsın. Ve bu hayat denizinde "Ne" olduğunu düşünürsün. Kalabalık bir otobüs durağında, en köşede kalmış olansındır. Hiç fark edilmeyen... Kaldırımlarda hızlı hızlı yürürken, dönüp kimsenin bakamadığı... Hakkını ararken sesi en kısık çıkan... Hep seven ama hiç sevilmeyen... Kimsenin her şeyi olamayan... İşte böyle! Hayatın figüran rolü verilmiş biriyim ben.

Seni, uğruna ölmekten başka hiçbir şey veremeyecek kadar çok seviyorum.

Ne yapacaktın ölünce, tanrıya tanrı misafiri olmaktan başka?

Bitmek denen, başlamakla başlar bazen. Bu yüzden biz hiç bitmeyeceğiz çocuk!

Gelmelerin ve gitmelerin üzerine kurulu düzeneğimizde, haberlice geliyorsun, ben yokum! Gidiyorsun, ardında bir tek ben kalıyorum. Yanımda olmanı istedikçe zaman duruyor, şarkılar bitiyor ve sesin çekiliyor tenimden.

Bir yansımadır aşk... Sen nasılsan o da öyle oluyor, sen nasıl değişiyorsan o da öyle değişiyor.

Sana küskünüm ve öldürüyorum seni içimde. Sessizliği seçiyorum, sessizliğimin içinden. İçimde intiharlar, cesetler... İncinmiş hayatları toplayan bir dilenci oluyorum birden.

Tam biterken başlayacaktım ki başlayamadan bittim.

Baktığınla gördüğün farklı olabilir. Ben hiç bir şeye senin gözlerinden bakmadım. O yüzden bilemem.

Kaybettiklerin, elinde kalanları görmene engel oluyorsa, kaybetmeye devam edersin durmadan.

Meğer her oyunu oyun sanmamak gerekiyormuş.

Aşk engelimdi benim! Burkulan yanıma yerleşen yalnızlığına eş, diğer yanımda onmaz bir gelecek... Artık bir gece bu karanlık! Gelme! Kendim kendini avuttu!

Yeterince acımasız insana denk gelmeyen herkes, kendini çok güçlü zanneder.

Ben bu masalın sonunu beklemiyordum, ben bu masalı yaşıyordum.

Şimdi bu sensizlikte yaşayabiliyorsam, senli günlerin hatırınadır.

Soruları çok, cevapları aleni bir aşka dönüşüyoruz. Ne sormaya cesaretimiz var, ne de cevap vermeye. Aslında ikimiz sadece birbirimizden kaçıyoruz.

Kendine küsmek, sessiz bir intihar biçimidir.

Gidersen, sözün ayaklarına geçiyorsa, ayakların yakınımdan geçmeyecek.

Aşık, maşuku öyle bir hale getiriyor ki sevile sevile kendine aşık oluyor sonunda.

Bitersek kim anlayacak bizi? Kime anlatacağız halimizi? Ve nasıl unutacağız birbirimizi? Ondan mıdır hep geri dönüşlerimiz... Gidişlerde açık bıraktığımız kapılar?

Hayat kısadır ama kendini sonsuzmuşçasına sunar insana.

Dönüş yolunu kat etmek daha zordur gitmekten.

Seni ilk gördüğümde dünlerinden bozma uçurumlarını gizliyordun yüzünde. Bir şeyleri saklarcasına gülüyordun. Yalnızlığına kalkan yapmıştın geçici kalabalıkları. O çok konuşmaların içinin susuşlarındandı.

Ben seni unutmak için sevdim, hatırlamak için nefret ettim. Sen beni sevmek için unuttun, nefret etmek için hatırladın.

Bilmediğim kaç imkan saklıydı bu imkansızlıkta?

"Git" dediğimde gitseydin, bugün kazanandın ve adının sıfatı kahramandı. Kaldın, gitmemi bekledin ve şimdi benden başlayan bir solukla koca bir hiçbir şeysin!

Keder yarışının galibi, mağlup olanlarmış.

Hep geçmişe özlem duyar insan. Oysa asıl özlem gençliğedir.

Varken yoktun, şimdi yokken varsın. Demek ki varlığını anlayabilmem için yokluğuna ihtiyacım varmış. Bir yoklukta bulmuştun beni, bir başka yoklukta bıraktım ben seni…

Yalnız seninle yaşlanmayı düşlerken, yalnızlığım sensiz yaşlandı.

Yalnızlıktasınızdır! Ama ne bir gidenin ardında bıraktığı kadar ağlamaklı ne de bir gelenin, gelirken getirdiği kadar eğreti... Yalnızlığınız size aittir.

Öyle insanlar vardır ki piyonken kendini vezir eder...
Ve öyle insanlar vardır ki vezirken kendini rezil eder.

Neden dünya ıssızlığına aşık olan insanlarla dolu?

Ben kendime uzun ve acılı bir yol seçtim. Bu yol her aşka ana avrat dümdüz gidiyor. Böyle bir yolda hayata kaç şeker atsam tatlanır?

Aşk kalmaktır.

Kendin olabilmek adına sarf ettiğin aşırı gayret, bazen seni sana buldurmaz. Ve yine unutma ki herkes için her şey olmaya çabalayan, kendisi için hiçbir şey olmaz.

Bana verdiklerinle bekliyorum seni.

Zamanla geçermiş acılar, yenilgiler... Peki, o zamana ne zaman ulaşır insan? Ve neden o zamana bu kadar ağır akar zaman...

"Kendine iyi bak"tan öteye geçmez çoğu aşkın sonu.

İçim yanıyor içim! Bir senin için, bir benim için. Benim içim ağlıyor, senin kalbin ağrıyor. Benim kalbim yanıyor, içimin gözyaşlarıyla sönüyor.

Öyle fakirdi ki çocukluğum, ecel gelse almazdı.

Düşerken dibe, soluklanacağım ama asla tutmayacağım ellerini ver bana.

Ya kalırsın, yatağında su tutar bedenimi, ya da gidersin, adın bir kez daha Kahraman olur.

Hiç anlamayacaksınız, yalnızlığımın içindeki yalnızlığı.

Yarısına sahip olmak bile tamamına sahip olamamaktan iyidir.

"Aşkın ölümsüzlüğüne inananlar, önce kendilerine ihanet ederler" dedim sana. Şaka sandın sözlerimi; ne de güzel gülümsedi gideceğimden habersiz gözlerin. Giderken anlamıyor işte insan, gittikten sonra gelecekleri…

İnsan bir kere aşık olur; diğerleri hep ondan izler taşır.

Seni benden çıkarınca, önce beni sana böldüm, sonucu acılarımla topladım, senle çarpılan kalbime sensizliği ekledim, ne yapsam ne etsem bir adam edemedim.

Birbirimize dokunmalarımız korkak kelebeklerdir; dokununca renkleri yıkılan…

Ömrünü ömrüne ekleyecekleri ömürlerinden gönderenlerin hep yarım kalacak bir cümlesi vardır ve o cümlenin noktasını zaman acıyla koyar.

Bugünler, dünlerin yarını değil miydi?

Aşk, kararsız bir rüzgardır.

Yüzüne baktım, yüzsüzlüğümden utandım.

Meğer susmak, insanın içiyle konuşmasıymış geç fark ettim.

Kandırılmanın düşürdüğü durumlardan daha kötü olanı, insanın kendini kandırarak, kendine söylediği yalanlarla hayata tutunmasıdır. Ve en güçlü yalanlar, gerçeklerle süslenmiş yalanlardır.

Ben seni kaybetmeyi göze alacak kadar çok seviyorum.

Sizin hiç gözyaşlarınız alnınıza aktı mı?

O yoktu artık. Beni ölümlerden alan, ölümlere salıp gitmişti. Boşluluklarda özgür bırakmıştı beni. Böyle bir özgürlük, ancak köle etmek için verilirdi.

O kadar yalnızım ki odama girerken bile öksürüyorum, ürkmeyeyim diye…

Büyümeden yaşlandım ben. Hayat bana ilk gördüğüm insanların, ilk gördüğüm gibi olmadığını öğretti.

Amacım bu fakir dünyada zengin olabilmek değil, kötü dünyada iyi kalabilmek.

Aşk, meşhur olmayan birine aşık olmaktır.

Şimdi kimi koysam yerine, giderken bıraktığın boşluğa düşüyor. Senden sonra tertemiz bir sayfa açtım ömrüme... O sayfa hep tertemiz ve bomboş duruyor.

Geleceği kurgularken geçen anın bedelini 'Şimdi'de ödüyorum.

Yalnızlığı büyütmez insan; yalnızlığında büyür.

Her izde bir yüz kaldı. Kalan her izde anılar yüzdü.

Ve gittin... Şarkılar bile sensizliği anlatamayacak kadar sensiz şimdi.

Edebiyat dediğin, herkesin bildiğini herkese tekrar okutabilme sanatıdır.

Kaç beden darsın bu bedene ki bu kadar sıkıyor bünyeyi küçüklüğün?

Mevsimlik bir aşk nöbeti değil ki tuttuğum; sesine susup, sessizliğine konuşuyorum.

Kalabalıkta unutulmuş bir yalnızdın.

Bugün aklımda sen vardın, aklımı karıştırmadım.

Dikkat! Kalbime girmek tehlikeli ve yasaktır.

Şimdi ne bugünsün ne de yarın, olsa olsa sadece bir yarım... Ya da eksilen yanım.

Senin gibiler, vakitsiz susan aşkı severler.

Hiçbir kalem ve hiçbir ben, sonraki sayfada aynı sen'i bulamıyoruz. Uzaklar hep uzak kalıyor sevdaya. Sen yine de artık sesime düşme.

Yarısı yanık bir aşkın küllerini taşıyorum.

Çok vagonlu bir trende, her istasyonda yeniden başlayan çok seferli bir yolculuktur yalnızlık!

Güncemdeki eksik adın, şimdi yüreğime dipnot.

Yani şimdi, gözleri sana benzeyen bir kızım olmayacak mı?

Aşk iki kişilik bir yalandır.

Sen aşkın anadilisin.

Aşk hep yazdan kalma, ayrılık ise kıştır.

Ben bu şehirde en çok seni sevdim.

"Yarın yeni bir gün doğacak" hikayeleri, inananını kanatır en çok.

Sana bir şiir yazdım
Bir şiir sonbahar
Yanında kal'dım
Uykunda firar
Derin uykuna düştüm
Rüyana masal

Kalır gibi gidişlerini izledim önce, sonra gider gibi kalışlarını...
Ve anladım ki ne sen gidebiliyorsun ne ben kalabiliyorum. Öyle bir hayat yaşıyoruz ki şimdi; ağlamak gülmenin mahkumu, gülmek ağlamanın gardiyanı gibi sanki...
Ve anladım ki ne seninle ağlayabiliyorum, ne de sensiz gülebiliyorum.
Belki de sen aşka aşıktın, ben üstüme alındım bilmiyorum. Bir gün gerçekten seni terk edebilecek miyim onu da bilmiyorum. Üzerine sinen benin kokusunu duymadan yaşayabilecek misin?.. Çünkü, senden geriye sadece sen kalana dek terk edilmiş olmuyorsun.

İşte gidiyordu. Bir daha hiç dönmeyecekti. Bir daha hiç olmayacaktı. Sadece bir "gitme" çıkabildi dudaklarımdan. Yüzüme baktı ve "artık sözlerin merheme yara olmaya başlamışsa, içimdeki seni sus, içindeki beni duy." dedi ve sırtındaki ceketimi bankın üzerine bırakarak yürümeye başladı. Son sözleri bunlar olmamalıydı!
Arkasından "beni hiç almadığın hayatından böyle ucuz kovamazsın!" diye bağırdım. Geriye döndü ve "davet edilmediğin yerden kovulmazsın." dedi. Son sözüydü. Gitti...

Ayrılık gurur duymalı seninle. Gidersen, sözün ayaklarına geçiyorsa, ayakların yakınımdan geçmeyecek! Ayrılığı seçtin mi büyük olacak ayrılık! Ayrılığı seçtin mi?..."

Kızma bana sitemkâr yazıyorum diye... Küskünlüğüm inan sana değil. Söz dinletemiyorum duygularıma, yüreğime. Saatler seni sen geçmiyor. Selamını getirmiyor rüzgarın nefesi. Yollar yolumu sana bağlamıyor. Sen bırakma beni.

Ve bir yazar aşk yazmışsa sayfalara, kelimeleri daha mı anlaşılır okunur? Siz henüz adım atmadığınız halde görünen ufkunun çetrefilliğinde, yolları daha mı hızlı yürünür, gidilir? Ayrılıkla başlayan bir şarkının nakarata geldikçe vuslata ters ilerleyen sözlerinde, müziği daha mı kavuşulacakmış gibi dinlenir?

Sen bana neleri öğrettiğini biliyor
musun?
İnsanın terk edildiğinde değil,
unutulduğunda yalnızlaştığını ve
unutulmanın insanoğluna verilmiş
en büyük ceza olduğunu... insanı
asıl yalnızlaştıranın, uzağındayken
unutulmak değil, yakınındayken
hatırlanmamak olduğunu...

Yazdan kalma bir kış ölüsüyüz ikimiz
zaman alnımızda bilenen kör bıçak
şimdi
ve bilir misin ayrılmak vazgeçmek gibidir
doğru değildir ama gereklidir

çünkü hayat olduğu gibidir
olması gerektiği gibi değil

Kapılar vardır kapanan... içten dışa,
dıştan içe...
içimizden dışımızdakilere kapattıklarımız
ve dışımızdakilerin
içe doğru yani bize kapattıkları.
Ve bazen bir kapı aralığında unutuluyor
adına aşk denebilecek bütün bakışmalar.

siz hiç başkasını öldürerek intihar ettiniz mi?
hemen yarın birini sevin; çok sevin.
onu canınızın öbür tarafı yapın.
mesela, sevdiğiniz geceye ağladığında
karanlık üstünüze
yapışacak olsun ıslak ıslak.

Aramadığın yerlerde olmayı seçiyorum
nedense.
Karşılaşma ihtimalimizin olmadığı...
olamayacağı.
İlk ışıktan sağa dönüyorum hep.
Senden değil, seninle karşılaşmaktan
korkuyorum.
Şekil değiştirmişiz biz.
Ben giderken, sen gelirken değişen ne
varsa bilmediğim; karşılaştığımızda bir
şamar gibi inecek yüzüme sanırım.
O yüzden kaçıyorum karşılaşmalardan.

KIYISIZLAR, *Kaybedenlerin ve*
yalnızların kitabıdır.
Ve her kaybedenin mutlaka
söylemek istediği son bir sözü vardır.

Ben, senin doğrundum sevgili.
Ötekiler gelip geçerdi.
Sen doğru olanı değil, geçerli olanı seçtin.
Terk etmek kazanan olmaya yeter
zannettin.
Bana bir veda busesi bırakıp gittin; bak
şimdi yerini başkaları aldı.
Bu aşkın vebası sende, busesi bende kaldı.
Seçtiğin yolda sana mutluluklar
diliyorum. Unutmak alışmaktır.
Unutursun demiyorum...
Ama alışacaksın biliyorum.

....

Sensizken o kadar boş ki içim. Ne
zaman adını ansam yankı yapıyor.
Böyle yaşanmaz diyorum. Ama böyle de
yaşanıyor. Azala azala, tükene tükene,
öle öle... Belki de senin için vakti gelince
unutacağın bir şarkıydım. Kimbilir
kimlerin adını silmek için beni bu şarkıya
yazdın!
Tüm bunlara rağmen diyorum ki keşke
sana tekrar âşık olabileceğim başka
bir hayat olsaydı. Ben aşkı arıyordum
sende. İhaneti buldum! Keşke bulduğum
gibi değil, aradığım gibi kalsaydın.